ELLENZÉKI OLDALAK

Ellenzéki Oldalak

ALDIVAN TORRES

Canary Of Joy

CONTENTS

1- 1

1

Ellenzéki Oldalak
        Aldivan Teixeira Torres
Ellenzéki Oldalak
Szerző: Aldivan Teixeira Torres
© 2017-Aldivan Teixeira Torres
Minden jog fenntartva

Ez a könyv, annak minden részével együtt, szerzői jogi védelem alatt áll, és az Auktor engedélye nélkül nem reprodukálható, nem értékesíthető vagy továbbadható.

Rövid életrajz: Aldivan Teixeira Torres készítette a látnok, a fény, a költészet és a forgatókönyv sorozat fiai sorozatát. Irodalmi karrierje 2011 végén kezdődött első románcának megjelenésével. Bármi okból kifolyólag abbahagyta az írást, és csak 2013 második felében folytatta pályafutását. Azóta soha nem állt le. Reméli, hogy írása hozzájárul a brazil kultúrához, felkeltve az olvasás örömét azokban, akiknek még nincs szokásuk. Mottója: „Az irodalomért, az egyenlőségért, a testvériségért, az igazságosságért, a méltóságért és az emberi lényért örökké becsület".

"A mennyek országa olyan, mint egy ember, aki jó magot vetett a mezőre. Egy éjszaka, amikor mindenki aludt, eljött az ellensége, és gyomot vetett a búzába, és elmenekült. Amikor a búza megnőtt, és a fülek elkezdtek kialakulni, akkor megjelent a gyom is. Az alkalmazottak keresték a gazdit, és mondták neki. "Uram, nem vetett jó magot a mezőjébe? Honnan jött akkor a gyom?" A tulajdonos így válaszolt: "" Ellenség volt, aki megtette ezt. " Az alkalmazottak megkérdezték: "Húzzuk ki a gyomot? A tulajdonos így válaszolt: "Ne. Előfordulhat, hogy a gyom felszámolásakor megkapja a búzát is. Hadd nőjön együtt az aratásig. A betakarítás idején azt mondom a vetőknek: Először kezdjük a gyomnövénnyel, és kötözzük kötegekbe, hogy megégessék. Ezután gyűjtsd össze a búzát az istállómban. "Máté 13: 24"30.

Új korszak

Sikertelen könyvkiadási kísérlet után érzem, hogy erőm helyreáll és megerősödik. Végül is hiszek a tehetségemben és hiszek abban, hogy teljesíteni fogom álmaimat. Megtudtam, hogy minden a maga idejében történik, és hiszem, hogy elég érett vagyok a céljaim megvalósításához. Ne felejtsd el mindig: Amikor nagyon akarunk valamit, a világ összeesküvésbe hozza annak megvalósítását. Így érzem magam: erővel megújulva. Visszapillantva olyan művekre gondolok, amelyeket olyan régen olvastam, amelyek bizonyosan gazdagították kultúrámat és tudásomat. A könyvek a számunkra ismeretlen légkörökön és univerzumokon keresztül vezetnek el bennünket. Úgy érzem, hogy részem kell ebben a történelemben, abban a nagy történelemben, amely az irodalom. Nem számít, hogy névtelen maradok, vagy híres nagy író leszek. Fontos az a hozzájárulás, amelyet mindenki ad e nagy univerzumhoz.

Örülök ennek az új hozzáállásnak, és felkészülök egy nagy út megtételére. Ez az út megváltoztatja sorsomat, és azok sorsát is, akik türelmesen el tudják olvasni ezt a könyvet. Menjünk együtt ebben a kalandban.

Előkészületek

A bőröndömbe csomagolom a legfontosabb tárgyaimat: néhány ruhát, néhány jó könyvet, elválaszthatatlan feszületemet és Bibliámat, valamint papírt írásra. Úgy érzem, hogy sok inspirációt fogok szerezni ebből az utazásból. Ki tudja, talán egy felejthetetlen történet szerzőjévé válok, amely bekerül a történelembe. Mielőtt azonban elmennék, el kell búcsúznom mindenkitől (főleg anyámtól). Túl védekezik, és nem enged el engem jó ok nélkül, vagy legalább azzal az ígérettel, hogy hamarosan visszajövök. Úgy érzem, egy napon ki kell majd mondanom egy szabadságkiáltást és repülnöm, mint egy madár, aki megteremtette a saját szárnyait ... és ezt neki is meg kell értenie, mert nem tartozom hozzá, inkább univerzum, amely úgy fogadott, hogy nem követelt tőlem semmit cserébe. A világegyetem számára döntöttem úgy, hogy író leszek, betöltöm szerepemet és kibontakoztatom tehetségemet. Amikor megérkezem az út végére, és készítek magamból valamit, készen állok arra, hogy közösségbe lépjek az alkotóval, és megtanuljak egy új tervet. Biztos vagyok benne, hogy nekem is különleges szerepem lesz.

Megfogom a bőröndömet, és ezzel gyötrelmet érzek magamban. Kérdések jutnak eszembe és zavarnak: Milyen lesz ez az út? Az ismeretlen veszélyes lesz? Milyen óvintézkedéseket kell tennem? Azt tudom, hogy ez elgondolkodtató lesz a karrierem szempontjából, és hajlandó vagyok megtenni. (Újra) megfogom a bőröndömet, és indulás előtt felkutatom a családom, hogy elbúcsúzzam. Anyám a konyhában készül ebédelni a nővéremmel. Közel kerülök és foglalkozom a döntő kérdéssel.

"Látja ezt a táskát? Ez lesz az egyetlen társam (kivéve téged, olvasókat) egy olyan utazáson, amelyet hajlandó vagyok megtenni. Bölcsességre, tudásra és hivatásom örömére törekszem. Remélem, hogy mind megértette, mind jóváhagyja az általam meghozott döntést. Jön; ölelj és jókívánságokat.

"Fiam, felejtsd el céljaidat, mert lehetetlenek olyan szegény emberek számára, mint mi. Ezerszer mondtam: Nem leszel bálvány vagy hasonló. Értsd meg: Nem nagy embernek születtél "mondta Julieta, anyám.

"Hallgassa meg anyánkat. Tudja, miről beszél, és teljesen igaza van. Az álmod lehetetlen, mert nincs tehetséged. Fogadja el, hogy küldetése csak egy egyszerű matematikatanár lenni. Ennél messzebb nem jutsz "mondta Dalva, nővérem.

"Akkor nincs ölelés? Miért nem hisztek srácok abban, hogy sikeres lehetek? Garantálom neked: Még ha fizetem is az álmom megvalósításáért, sikeres leszek, mert nagy ember az, aki hisz magában. Megteszem ezt az utat, és mindent felfedezek, ami felfedhető. Boldog leszek, mert a boldogság abból áll, hogy követjük azt az utat, amelyet Isten világít körülöttünk, hogy győztessé váljunk.

Ennek ellenére az ajtó felé irányítom magam azzal a bizonyossággal, hogy nyertes leszek ezen az úton: az út, amely ismeretlen célpontokba visz.

A Szent hegy

Nagyon régen hallottam egy rendkívül barátságtalan hegyről Pesqueira területén. Ez része az Ororubá hegységnek (bennszülött név), ahol az őshonos Xukuru emberek laknak. Azt mondják, hogy az egyik Xukuru törzsből származó titokzatos gyógyszerész halála után lett szent. Képes bármilyen kívánságot valóra váltani, amennyiben a szándék tiszta és őszinte. Ez az utazásom kiindulópontja, amelynek célja a lehetetlen lehetővé tétele. Hiszel az olvasóknak? Akkor maradj velem, különös figyelmet fordítva az elbeszélésre.

A BR"232"es autópályát követve, a központtól körülbelül tizenöt mérföldre fekvő Pesqueira községig eljutva Mimoso, egyik kerülete. A közelmúltban épített modern híd hozzáférést biztosít ahhoz a helyre, amely a Mimoso és Ororubá hegység között helyezkedik el, és amelyet a völgy fenekéig futó Mimoso folyó fürdet. A szent hegy pontosan ezen a ponton van, és ott vezetem.

A szent hegy a kerület mellett található, és rövid idő alatt én vagyok a tövében. Az elmém a térben és a távoli időben kalandozva ismeretlen helyzeteket és jelenségeket képzel el. Mi vár rám, amikor felmászok erre a hegyre? Ezek minden bizonnyal újjáélesztik és ösztönzik a tapasztalatokat. A hegy alacsony termetű (2300 láb), és minden egyes lépésnél magabiztosabbnak, de várakozóbbnak is érzem magam. Emlékek jutnak eszembe a huszonhat év alatt megélt intenzív tapasztalatokról. Ebben a rövid időszakban sok fantasztikus esemény volt, amely elhitette velem, hogy különleges vagyok. Fokozatosan bűntudat nélkül megoszthatom veletek, olvasókkal ezeket az emlékeket. Ez azonban nem itt az ideje. Minden vágyam után kutatva folytatom a hegy útját. Ezt remélem, és most először fáradt vagyok. Az útvonal felét bejártam. Nem fizikai kimerültséget érzek, hanem főleg mentálisát, mert furcsa hangok kértek vissza. Nagyon ragaszkodnak hozzá. Viszont nem adom fel könnyen. Mindenért el akarok érni a hegy tetejére. A hegy számomra változások levegőivel lélegzik, amelyek áradnak azok számára, akik hisznek a szentségében. Amikor odaérek, azt hiszem, pontosan tudom, mit kell tennem, hogy elérjem azt az utat, amely végig vezet ezen az úton, amelyet oly régóta vártam. Megtartom hitemet és céljaimat, mert van egy Istenem, aki a lehetetlen Istene. Gyalogoljunk tovább.

Már megtettem az út háromnegyedét, de mégis a hangok üldöznek. Ki vagyok én? Hová megyek? Miért érzem úgy, hogy az életem drámai módon megváltozik a hegyi élmény után? A hangokon kívül úgy tűnik, hogy egyedül vagyok az úton. Lehet, hogy más írók ugyanezt érezték szent utakon? Azt hiszem, misztikám nem lesz más, mint én. Folytatnom kell, minden akadályt le kell győznem és ellen kell állnom. A testemet megsebesítő tövisek rendkívül veszélyesek az emberekre. Ha túlélem ezt a felemelkedést, máris nyertesnek tartanám magam.

Lépésről lépésre közelebb vagyok a csúcshoz. Már csak néhány méterre vagyok tőle. Úgy tűnik, hogy a testemen végigfut verejték a hegy szent illatába ágyazóik. Megállok egy kicsit. A szeretteim aggódni fognak? Nos, ez most igazán nem számít. Jelenleg magamra kell gondolnom, hogy felérjek a hegy tetejére. A jövőm attól függ. Még csak néhány lépés, és megérkezem a csúcsra. Hideg szél fúj, meggyötrőt hangok összekeverik az érvelésemet, és nem érzem jól magam. A hangok kiabálnak:

"Sikert aratott, díjazzák! "Mégis méltó? "Hogyan sikerült megmásznia az egész hegyet? Zavart vagyok és szédülök; Nem hiszem, hogy jól lennék.

A madarak sírnak, és a napsugarak teljes egészében simogatják az arcomat. Hol vagyok? Úgy érzem, mintha előző nap részeg lettem volna. Megpróbálok felkelni, de egy kar megakadályoz. Látom, hogy mellettem egy középkorú nő áll, vörös hajjal és cserzett bőrrel.

"Ki vagy te? Mi történt velem? Az egész testem fáj. Zavartnak és homályosnak érzem magam. A hegy tetején való lét okozza mindezt? Azt hiszem, a házamban kellett volna maradnom. Álmaim erre a pontra sarkalltak. Lassan másztam fel a hegyre, tele reményekkel a jobb jövő iránt és némi irányban a személyes növekedés felé. Azonban gyakorlatilag nem tudok mozogni. Magyarázd el nekem mindezt, kérlek.

"A hegy őrzője vagyok. Én vagyok a Föld szelleme, amely ide-oda fúj. Azért küldtek ide, mert te nyerted meg a kihívást. Szeretné valóra váltani álmait? Ebben segítek neked, Isten gyermeke! Számos kihívással kell még szembenéznie. Felkészítelek. Ne félj. A te Istened veled van. Pihenj egy kicsit. Visszajövök étellel és vízzel, hogy kielégítsem az igényeit. Addig pihenjen és meditáljon, mint mindig.

Miután ezt mondta, a hölgy eltűnt a látókörömből. Ez a zavaró kép szorongottibba és kétségekkel telibbé tett. Milyen kihívásokat kellene megnyernem? Milyen lépésekből álltak ezek a kihívások? A hegy teteje valóban nagyon pompás és nyugodt hely volt. Felüliről lehetett látni a kis agglomeráció a házak a Mimoso falu. Ez egy fennsík, amely meredek ösvényekkel teli, minden oldalról növényzettel teli. Vajon ez a szent hely érintetlen a természet valóban megvalósítani a terveimet? Íróvá válna belőlem a távozáskor? Csak az idő tudta megválaszolni ezeket a kérdéseket. Mivel a nő egy ideig tartott, meditálni kezdtem a hegy tetején. A következő technikát használtam: Először megtisztítom az elmémet (minden gondolattól mentesen). Kezdek harmóniába jönni a Körülöttem lévő természettel, gondolatban szemlélve az egész helyet. Innentől kezdve megértem, hogy a természet része vagyok, és hogy a közösség nagy rituáléjában teljesen összekapcsolódunk. Csendem az anyatermészet csendje; kiáltásom egyben kiáltása is; Fokozatosan kezdem érezni vágyait és törekvéseit, és fordítva. Úgy érzem, szorongatott segítségért kiált, hogy életét megmentse az emberi pusztulástól: Erdőirtás, túlzott bányászat, vadászat és halászat, szennyező gázok légkörbe történő kibocsátása és egyéb emberi atrocitások. Hasonlóképpen hallgat rám és támogat minden tervemben. A meditációm alatt teljesen összekapcsolódtunk. Minden harmónia és bűnrészesség teljesen elhallgatott és vágyaimra koncentrált. Amíg valami nem változott: ugyanazt az érintést éreztem, ami egyszer felébresztett. Lassan kinyitottam a szemem, és láttam, hogy szemtől szemben állok ugyanazzal a nővel, aki a szent hegy őrzőjének nevezte magát.

"Látom, hogy érted a meditáció titkát. A hegy segített felfedezni egy kicsit a lehetőségeit. Sok szempontból növekedni fog. Segíteni fogok ebben a folyamatban. Először kérem, hogy forduljon a természethez, és találjon szarufákat,

léceket, kellékeket és zsinórokat a kunyhó felállításához, majd
tűzifát máglya készítéséhez. Az éjszaka már közeleg, és meg
kell védened magad a vad állatokkal szemben. Holnaptól
kezdve megtanítalak az erdő bölcsességére, hogy legyőzhesse
az igazi kihívást: a kétségbeesés barlangját. Csak a tiszta szív
élheti túl elemzésének tüzét. Szeretné valóra váltani álmait?
Akkor fizesse meg az árat értük. Az univerzum senkinek sem
ad ingyen semmit. Nekünk kell méltóvá válnunk a siker
elérése érdekében. Ezt a tanulságot meg kell tanulnod, fiam.

"Megértem. Remélhetőleg mindent megtanulok, amire
szükségem van a barlang kihívásának leküzdéséhez. Fogalmam
sincs, mi ez, de magabiztos vagyok. Ha legyőztem a
hegyet, akkor a barlangban is sikerrel járok. Amikor elmegyek,
azt gondolom, hogy készen állok a győzelemre és a sikerre.

"Várj, ne légy ilyen magabiztos. Nem ismered a barlangot,
amiről beszélek. Tudd meg, hogy sok harcost már meg is
próbáltak a tűzé miatt, és megsemmisültek. A barlang senki
iránt nem mutat szánalmat, még az álmodozók sem. Legyen
türelemmel és tanuljon meg mindent, amit megtanítok. Így
lesz igazi győztes. Ne feledje: Az önbizalom segít, de csak
megfelelő mennyiséggel.

"Megértem. Köszönöm minden tanácsát. Megígérem
neked, hogy a végéig követem. Amikor a kétségbeesés kétségbeesésbe
kever, akkor emlékeztetni fogom magam a szávaidra,
és arra is emlékeztetem magam, hogy Istenem mindig megment.
Amikor a lélek sötét éjszakájában nincs menekvés, nem
félek. Megverem a kétségbeesés barlangját, azt a barlangot,
amelyből még soha senki sem menekült meg!

A nő barátságosan ígérte a visszatérést egy másik napra.

A kunyhó

Új nap jelenik meg. A madarak fütyülnek és éneklik dallamaikat,
a szél északkeletre esik, szellője pedig felfrissíti az

év ezen időszakában hevesen felkelő napot. Jelenleg december van, és számomra ez a hónap az egyik legszebb hónapot jelenti, mivel ez az iskolai vakáció kezdete. Megérdemelt szünet a matematika főiskolai tanulmányainak szentelt hosszú év után; Abban a pillanatban, amikor elfelejtheti az összes integrált, deriváltat és Poláris koordináták. Most aggódnom kell mindazokért a kihívásokért, amelyeket az élet fog rám vetni. Az álmaim attól függenek. A hátam fáj a rossz alvás következtében, amelyet a vert földön feküdtem, és amelyet ágynak készítettem. A kunyhó, amelyet hihetetlen erőfeszítésekkel építettem, és a meggyújtott tűz éjszaka bizonyos biztonságot nyújtott. Azonban hallottam rajta kívül üvöltést és lépéseket. Hová vezettek az álmaim? A válasz a világ végére szól, ahol a civilizáció még nem érkezett meg. Mit tenne, olvasó? Kockáztatna egy utazást is, hogy legmélyebb álmait megvalósítsa? Folytassuk az elbeszélést.

Saját gondolataimba és kérdéseimbe burkolva nemigen értettem, hogy mellettem volt az a furcsa hölgy, aki megígérte, hogy segít az utamon.

"Jól aludtál?

"Ha jól jelenti, hogy még mindig egész vagyok, igen.

"Minden előtt figyelmeztetnem kell, hogy a föld, amelyen tapos, szent. Ezért ne tévesszen félre megjelenés vagy impulzivitás. Ma van az első kihívásod. Nem hozok többé ételt vagy vizet. Saját számláján fogja megtalálni őket. Kövesse szívét minden helyzetben. Bizonyítania kell, hogy méltó vagy.

"Van étel és víz ebben az aljkefében, és össze kéne gyűjteném? Nézze, asszonyom, megszoktam, hogy egy szupermarketben vásároltok. Látja ezt a kabinút? Izzadságba és könnyeimbe került, és még mindig nem hiszem, hogy biztonságos. Miért nem adja át nekem azt az ajándékot, amire szükségem van? Azt hiszem, méltónak bizonyultam abban a pillanatban, amikor felmásztam arra a meredek hegyre.

"Keressen ételt és vizet. A hegy csak egy lépés lelki fejlődésed folyamatában. Még mindig nem vagy kész. Emlékeztetnem kell arra, hogy nem adok ajándékot. Nincs rá hatalmam. Csak én vagyok a nyíl, amely jelzi az utat. A barlang az, aki teljesíti kívánságait. A kétségbeesés barlangjának nevezik azokat, akiknek álmai azóta lehetetlenné váltak.

"Megpróbálom. Nincs más vesztenivalóm. A barlang az utolsó reményem a sikerre.

Miután ezt mondtam, felkelek és elkezdem az első kihívást. A nő eltűnt, mint a füst.

Az első kihívás

Első pillantásra látom, hogy előttem egy kitaposott út vezet. Elkezdem sétálni rajta. A tövisekkel teli aljnövényzet helyett a legjobb az ösvény követése. A kövek, amelyeket a lépteim elsöpörnek, mintha nekem mondanának valamit. Lehet, hogy jó úton járok? Mindenre gondolok, amit otthagytam álmom után kutatva: Otthon, étel, tiszta ruházat és matematikai könyveim. Ez tényleg megéri? Azt hiszem, megtudom. (Az idő fogja megmondani). Úgy tűnik, a furcsa nő nem mondott el nekem mindent. Minél többet sétáltam, annál kevesebbet találtam. Úgy tűnt, hogy a teteje most nem volt olyan kiterjedt, hogy megérkeztem. Egy fény ... fényt látok előtte. Oda kell mennem. Tágas tisztásra érkezek, ahol a napsugarak egyértelműen a hegy megjelenését tükrözik. Az ösvény véget ér, és két külön útra születik újra. Mit tegyek? Órák óta gyalogolok, és az erőm úgy tűnik, kimerült. Leülök egy pillanatra pihenni. Két út és két választási lehetőség. Hányszor találkozunk az életben ilyen helyzetekkel; A vállalkozó, akinek választania kell a vállalat fennmaradása vagy egyes alkalmazottak felmondása között; Brazília északkeleti részén a hátország szegény anyja, akinek ki kell választania, melyik gyermekét táplálja; A hűtlen férj, akinek választania kell felesége és szeretője között; Egyébként sokféle helyzet van az életben. Előnyöm, hogy a választásom csak magamra fog hatni. A nő ajánlása szerint követnem kell az intuíciómat.

Felkelek, és a jobb oldalon választom az utat. Nagyon haladok ezen az úton, és nem tart sokáig egy újabb tisztás bepillantása. Ezúttal egy medencével találkozom és körülötte néhány állat. A tiszta és átlátszó vízben lehűlnek. Hogyan folytassam? Végre találtam vizet, de tele van állatokkal. Konzultálok a szívemmel, és azt mondja nekem, hogy mindenkinek joga van a vízhez. Nem tudtam csak lelőni őket és megfosztani őket ettől is. A természet rengeteg forrást ad népének túlélésére. Csak az egyik szál vagyok a weben, amelyet sző. Nem vagyok felsőbbrendű abban a tekintetben, hogy annak uramnak tartom magam. A kezeimmel a vízbe nyúlok, és egy kis fazékba öntöm, amelyet otthonról hoztam. A kihívás első része teljesül. Most ennivalót kell találnom.

Tovább sétálok az ösvényen, remélve, hogy találok ennivalót. A gyomrom morgolódik, mivel már elmúlt dél. Kezdek az ösvény oldalaira nézni. Talán az étel az erdőben van. Milyen gyakran keressük a legkönnyebb utat, de nem ez vezet a sikerhez? (Nem minden hegymászó, aki egy ösvényt követ, elsőként jut el a hegy tetejére). A parancsikonok gyorsan a cél felé vezetnek. Ezzel a gondolattal elhagyom az utat, és nem sokkal azután, hogy megtalálok egy banánt és egy kókuszfát. Tőlük kapom meg a kaját. Ugyanolyan erővel és hittel kell megmásznom őket, mint a hegyre. Próbálok egyet, kettőt, háromszor. Sikerült nekem. Most visszatérek a kunyhóba, mert teljesítettem az első kihívást.

A második kihívás

A kunyhómhoz érve a hegy őrét találom, aki minden eddiginél ragyogóbbnak tűnik. A szeme soha nem tér el a sajátomtól. Azt hiszem, hogy nagyon különleges vagyok Isten iránt. Mindig érzem a jelenlétét. Minden szempontból feltámad. Amikor munkanélküli voltam, ajtót nyitott; amikor nem volt lehetőségem szakmailag növekedni, új utakat adott nekem; amikor válság idején megszabadított a sátán kötelékeitől. Egyébként a furcsa nő jóváhagyó pillantása arra az emberre emlékeztetett, akin a közelmúltig voltam. Jelenlegi célom a győzelem volt, függetlenül az akadályoktól, amelyeket le kellett küzdenem.

"Tehát megnyerte az első kihívást. Gratulálok neked. (Kiáltott fel az asszony). Az első kihívás a bölcsességed és a döntési és megosztási képességed feltárása volt. A két út képviseli az univerzumot (jó és gonosz) uraló "ellentétes oldalakat". Az emberi lény teljesen szabadon választhat bármelyik utat. Ha valaki a megfelelő utat választja, akkor az angyalok segítségével életének minden pillanatában megvilágítják. Ezt az utat választotta. Ez azonban nem könnyű út. Gyakran kétségei vannak, és csoda, ha ez az utazás megéri. A világ népe mindig bántó és kihasználja jóakaratát. Sőt, a másokba vetett bizalom szinte mindig csalódást okoz. Amikor ideges vagy, ne feledd: Istened erős, és soha nem hagy el. Soha ne hagyd, hogy a gazdagság vagy a kéj perverzálja a szívedet. Különleges vagy, és az értéked miatt Isten fiának tekint. Soha ne ess le ettől a kegyelemtől. A bal oldali út mindenkié, aki lázadt az Úr hívására. Mindannyian isteni küldetéssel születünk. Néhányan azonban materializmussal, rossz hatásokkal, a szív korrupciójával térnek el tőle. Akik a bal oldali utat választják, azoknak nem lesz kellemes jövőjük "tanította nekünk Jézus. Minden fát, amely nem ad jó gyümölcsöt, kivetnek és a külső sötétségbe vetik. Ez a rossz emberek sorsa, mert az Úr igazságos. Abban az időben, amikor megtalálta a vízlyukat és azokat a szánalmas állatokat, a szíve hangosabban beszélt. Hallgasd meg mindig, és messzire jutsz. A megosztás ajándéka abban a pillanatban ragyogott rád, és lelki növekedésed meglepő volt. A bölcsesség, hogy segítettél ételt találni. A legegyszerűbb út nem mindig a helyes. Azt hiszem, most már készen áll a második kihívásra. Három nap múlva kijön a kunyhójából, és tényt keres. Lelkiismerete szerint járjon el. Ha átmész, tovább lepsz a harmadik és egyben utolsó kihívásra.

"Köszönöm, hogy végigkísér. Nem tudom, mi vár rám a barlangban, és azt sem, hogy mi lesz velem. Hozzájárulásod nagyon fontos számomra. Amióta felmásztam a hegyre, úgy érzem, hogy megváltozott az életem. Nyugodtabb vagyok és magabiztosabb abban, amit akarok. A második kihívást teljesítem.

"Nagyon jól. Három nap múlva találkozunk.

Ezt követően a hölgy még egyszer eltűnt. Egyedül hagyott az este csendjében tücskökkel, szúnyogokkal és egyéb rovarokkal együtt.

A hegy szelleme

Éjszaka esik a hegyen. Tüzet gyújtok és recsegése megnyugtatja a szívemet. Két nap telt el azóta, hogy felmásztam a hegyre, és még mindig olyan idegennek tűnik számomra. Gondolataim gyerekkoromban vándorolnak és landolnak: A poénok, a félelmek, a tragédiák. Jól emlékszem arra a napra, amikor indiánnak öltöztem: íj, nyíl és bölcsesség. Most egy szent hegyen voltam, pontosan egy titokzatos őslakos (a törzs orvosa) halála miatt. Valami másra kell gondolnom, mert a félelem megfagyasztja a lelkem. Fülsiketítő zajok veszik körül a kunyhómat, és fogalmam sincs, mi vagy ki. Hogyan lehet legyőzni az ember félelmét ilyen alkalmakor? Válaszolj nekem olvasónak, mert nem tudom. A hegy még mindig ismeretlen számomra.

A zaj egyre közelebb kerül, és nincs hova menekülnöm. A kunyhó elhagyása butaság lenne, mert fergeteges vadállatok nyelhetnének el. Szembe kell néznem bármi is az. A zaj megszűnik, és fény jelenik meg. Ettől még jobban félek. Bátorsággal felkiáltok:

"Ki van Isten nevében?

Egy homályos csengéssel orrba vett hang válaszol:

"Én vagyok a bátor harcos, akit a kétségbeesés barlangja elpusztított. Add fel álmodat, különben ugyanaz lesz a sorsod. Kicsi, bennszülött ember voltam a Xukuru Nemzet faluban. Arra törekedtem, hogy törzsem főnöke legyek és erősebb legyek az oroszlánnál. Szóval, a szent hegyre néztem, hogy elérjem céljaimat. Megnyertem azt a három kihívást, amelyet a hegy őre rám kényszerített. A barlangba lépve azonban elnyelte a tűz, ami összetöri a szívemet és a céljaimat. Ma szellemem szenved és reménytelenül ragaszkodik ehhez a hegyhez. Figyelj rám, különben ugyanaz lesz a sorsod."

Hangom megdermedt a torkomban, és egy pillanatra sem tudtam reagálni a meggyötrőt szellemre. Otthont, ételt, meleg családi környezetet hagyott maga után. Két kihívás maradt a barlangban, a barlangban, amely megvalósíthatja a lehetetlent. Nem adnám fel könnyen álmomat.

"Hallgass meg, bátor harcos. A barlang nem tesz kicsinyes csodát. Ha itt vagyok, nemes okból. Nem gondolok anyagi javakra. Az álmom túlmutat ezen. Szeretném szakmailag és lelkileg fejleszteni magam. Röviden: azt akarom dolgozni, hogy élvezzem, felelősséggel keressek pénzt és tehetségemmel hozzájáruljak egy jobb világegyetemhez. Nem adom fel ilyen könnyen az álmomat.

A szellem így válaszolt:

"Tudod a barlangot és annak csapdáit? Nem vagy más, csak egy szegény fiatalember, aki nincs tisztában az általa követett ösvényen belüli rendkívüli veszélyekkel. A gyám sarlatán, aki megtéveszt. Tönkre akar tenni.

A szellem ragaszkodása idegesített. Véletlenül ismert meg? Isten kegyelmében nem engedte kudarcomat. Isten és Szűz Mária mindig hatékonyan mellettem voltak. Ennek bizonyítéka a Szűzanya különféle jelenései voltak egész életemben. A " Érzékszervi nézet" (egy könyv, amelyet még nem tettem közzé) egy jelenetet ír le, ahol egy padon ülök egy plázában, madarak és a szél izgat, és mélyen elgondolkodom a világon és az életen. általában. Hirtelen megjelent egy nő alakja, akit meglátva megkérdezte:

"Hiszel Istenben, fiam?

Azonnal válaszoltam:

"Természetesen, és egész lényemmel.

Azonnal a fejemre tette a kezét, és imádkozott:

"Legyen a dicsőség Istene fényben, és adjon neked sok ajándékot.

Ezt mondva elment, és amikor rájöttem, már nem volt mellettem. Egyszerűen eltűnt.

Ez volt a Szűzanya első megjelenése életemben. Ismét koldusnak álcázva magát, odajött hozzám, és némi változást kért. Azt mondta, hogy gazda volt, és még nem volt nyugdíjas. Könnyedén adtam neki néhány érmét, ami a zsebemben volt. Miután megkapta a pénzt, megköszönte, és amikor rájöttem, eltűnt. A hegyen abban a pillanatban nem volt kétségem afelől, hogy Isten szeret engem, és hogy mellettem van. Ezért egy bizonyos durvasággal válaszoltam a szellemre.

"Nem hallgatom meg a tanácsodat. Ismerem a határaimat és a hitemet. Menj innen! Menj kísérteni egy házat vagy ilyesmit. Hagyjon békén!

A lámpák kialudtak, és hallottam a kunyhót elhagyó lépések zaját. Mentes voltam a szellemtől.

Döntő nap

Eltelt a három nap a második kihívás óta. Péntek reggel volt, tiszta, napos és világos. Ma reggel a horizontot szemléltem, amikor a furcsa nő közeledett.

"Kész vagy? Keressen egy szokatlan eseményt az erdőben, és cselekedjen az elvei szerint. Ez a második teszted.

"Rendben, három napja vártam ezt a pillanatot. Azt hiszem, felkészültem.

Sietve indulok a legközelebbi ösvényhez, amely hozzáférést biztosít az erdőhöz. Lépéseim szinte zenei kadenciában következtek. Mi volt valójában ez a második kihívás? Szorongás fogott el, és lépéseim felgyorsultak egy ismeretlen cél keresése érdekében. Közvetlenül előtte egy tisztás jelent meg az ösvényen, ahol elvált és elvált. De, amikor odaértem, meglepetésemre a kettéágazás eltűnt, és ehelyett a következő jelenetet néztem meg: egy fiút, akit egy felnőtt vonszolt, hangosan sírt. Az érzelem igazságtalanság jelenlétében átvette az irányítást felettem, és ezért felkiáltottam:

"Engedd el a fiút! Kisebb nálad, és nem tudja megvédeni magát.

"Nem fogok! Én azért bánok vele, mert nem akar dolgozni.

"Te szörnyeteg! A kisfiúknak nem kell dolgozniuk. Tanulniuk és jól képzettnek kell lenniük. Engedje el!

"Ki fog engem csinálni, te?

Teljesen ellenzem az erőszakot, de ebben a pillanatban a szívem arra kért, hogy reagáljak a szemét előtt. A gyermeket szabadon kell engedni.

Óvatosan ellöktem a fiút a nyersen, majd verni kezdtem a férfit. A gazember reagált, és adott nekem néhány ütést. Egyikük üresen rám ütött. A világ megpördült, és erős, átható szél szállta meg egész lényemet: fehér és kék felhők, valamint gyors madarak szállták meg az agyamat. Egy pillanat alatt úgy tűnt, mintha az egész testem lebegne az égen. Halvány hang hívott meg messziről. Egy másik pillanatban mintha ajtókon mentem volna át, egymás után akadályként. Az ajtók jól zárva voltak, és nagyon sok erőfeszítésbe került a kinyitásuk. Minden ajtó felváltva vezetett be társalgókat vagy szentélyeket. Az első társalgóban fehérbe öltözött fiatalokat találtam, akik egy asztal köré gyűltek, amelyen középen egy nyitott biblia volt. Ezeket a szüzeket választották uralkodni a jövő világában. Egy erő kiszorított a szobából, és amikor kinyitottam a második ajtót, az első szentélyhez kerültem. Az oltár szélén füstölőket égettek Brazília szegényeinek kéréseivel. A jobb oldalon egy pap hangosan imádkozott, és hirtelen ismételni kezdte: Látó! Látnok! Látnok! Mellette két nő volt fehér inggel. Rájuk írták: Lehetséges álom. Minden sötétedni kezdett, és amikor megértettem a véleményemet, erőszakosan kihúztam és olyan gyorsasággal, hogy kissé szédültem. Kinyitottam a harmadik ajtót, és ezúttal találkoztam egy emberrel: egy lelkész, egy pap, egy buddhista, egy muzulmán, egy spirituális, egy zsidó és az afrikai vallások képviselője. Körbe rendeződtek, és középpontjában tűz állt, amelynek lángjai felvázolták a "Népek és Istenhez vezető utak egyesítése" nevet. Végül magához ölelték és behívtak a csoporthoz. A tűz elmozdult a központból, a kezemre szállt és felhívta a "tanonc" szót. A tűz tiszta fény volt, és nem égett. A csoport szétesett, a tűz kialudt, és ismét kitaszítottak abból a szobából, ahol kinyitottam a negyedik ajtót. A második szentély teljesen üres volt, és az oltárhoz léptem. Letiszteltem a Boldogságos Szentség iránt, felvettem egy padlón levő papírt, és megírtam a kérésemet. Összehajtottam a papírt, és a kép lábához tettem. A távoli hang fokozatosan egyre tisztább és élesebb lett. Elhagytam a szentélyt, kinyitottam az ajtót és végül felébredtem. Velem volt a hegy őre.

"Tehát ébren vagy. Gratulálunk! Te nyerted meg a kihívást. A második kihívás az ön" és cselekvőképességének feltárására irányult. Az "ellentétes oldalakat" ábrázoló két út eggyé vált, és ez azt jelenti, hogy a jobb oldalon kell haladnia, elfelejtve azt az ismeretet, amelyet a baloldal találkozásakor szerezhet. A hozzáállásod megmentette a gyermeket annak ellenére, hogy nincs rá szüksége. Ez az egész jelenet a saját mentális vetületem volt, hogy értékelhesselek téged. Helyesen választottad. Az emberek többsége, ha igazságtalansági jelenetekkel szembesül, inkább nem avatkoznak bele. A kihagyás súlyos bűn, és az illető bűntársa lesz. Adtál magadból, ahogy Jézus Krisztus tett értünk. Ez egy lecke, amelyet egész életében magával fog vinni.

"Köszönöm, hogy gratuláltál. Mindig a kirekesztettek javára járnék el. Ami elgondolkodtat, az a spirituális élmény, amelyet korábban átéltem. Mit jelent? Meg tudnád magyarázni nekem, kérlek?

"Mindannyian képesek vagyunk gondolatok által behatolni más világokba. Ezt nevezik asztrális utazásnak. Vannak szakértők ebben az ügyben. Amit látott, annak kapcsolódnia kell az Ön vagy egy másik ember jövőjéhez, soha nem tudja.

"Megértem. Felmásztam a hegyre, teljesítettem az első két kihívást, és lelkileg növekednem kell. Azt hiszem, hamarosan készen állok szembenézni a kétségbeesés barlangjával. A barlang, amely csodákat tesz és mélyebbé teszi az álmokat.

"El kell adnod a harmadikat, és holnap elmondom, mi ez. Várja meg az utasításokat.

"Igen, tábornok. Nyugtalanul várok. Ez az Isten Gyermeke, ahogy hívtál, nagyon éhes, és levest készít későbbre. Meghívnak, asszonyom.

"Csodálatos. Imádom a levest. Ezt a javamra fogom használni, hogy jobban megismerhessem.

A furcsa hölgy elment, és egyedül hagyott a gondolataimmal. Elmentem keresni az erdőben a leves hozzávalóit.

A fiatal lány

A hegy már sötét volt, amikor a leves elkészült. Az éjszaka hideg szelei és a rovarok zaja egyre vidékiebbé teszi a vidéket. A furcsa hölgy még nem jött a kunyhóba. Remélem, hogy minden rendben lesz, mire megérkezik. Megízlelem a levest: Nagyon jó volt, bár nem rendelkeztem minden szükséges fűszerrel. Kicsit kilépek a kunyhóból és szemlélem az eget: A csillagok tanúi erőfeszítéseimnek. Felmentem a hegyre, megtaláltam az őreit, két kihívást teljesítettem (az egyik ne-

hezebb, mint a másik), találkoztam egy szellemmel, és még
mindig állok. "A szegények inkább az álmaikra törekszenek.
Megnézem a csillagok elrendezését és fényességét. Mindegyiknek
 megvan a maga jelentősége abban a nagy univerzumban,
 amelyben élünk. Az emberek ugyanúgy Fontosak.
Fehérek, feketék, gazdagok, szegények, A vallásúak, B vallásúak
vagy bármilyen hitrendszerűek. Mindegyik gyermek ugyanazon
 apával van. El akarom foglalni a helyemet ebben az univerzumban
 is. Korlátok nélküli gondolkodó lény vagyok. Úgy
gondolom, hogy egy álom felbecsülhetetlen, de hajlandó
vagyok fizetni érte, hogy beléphessek a kétségbeesés barlangjába.
 Még egyszer szemlélem az eget, majd visszamegyek a
kunyhóba. Nem lepődtem meg, hogy ott találtam gyámot.

"Sokáig voltál itt? Nem jöttem rá.

"Annyira koncentráltál az ég szemlélésére, hogy nem akartam
 megtörni a pillanat varázsát. Emellett otthon érzem
magam.

"Nagyon jó. Ülj ezen a rögtönzött padon, amit készítettem.
Tálalom a levest.

 A leves még mindig forrón tálaltam a furcsa hölgyet tökben,
 amelyet az erdőben találtam. Az éjszaka korbácsolt szél
megsimogatta az arcomat, és szavakat súgott a fülembe. Ki
volt az a furcsa hölgy, akit szolgáltam? Tényleg el akart pusztítani,
 ahogy a szellem utalt rá. Sok kétségem támadt iránta, és
ez nagyszerű lehetőség volt tisztázni őket.

"Jó a leves? Nagy gonddal készítettem el.

"Ez csodálatos! Mit használtál az elkészítéséhez?

"Kövekből áll. Csak viccel! Vettem egy madarat egy
vadásztól, és néhány természetes fűszert használtam az
erdőből. De ha témát váltasz, ki vagy valójában?

"Jó vendégszeretetet mutat a vendéglátó számára, ha először
magáról beszél. Négy nap telt el azóta, hogy ideértél a hegy
tetejére, és még abban sem vagyok biztos, hogy hívják.

"Nagyon jól. De ez egy hosszú történet. Készülj fel. A nevem Aldivan Teixeira Tôrres és egyetemi szintű matematikát oktatok. Két nagy szenvedélyem az irodalom és a matematika. Mindig is a könyvek szerelmese voltam, és egészen kicsi korom óta szerettem volna megírni egyet. Amikor a középiskolában voltam, néhány részletet gyűjtöttem a Prédikátor könyveiből, bölcsességből és közmondásokból. Annak ellenére, hogy a szövegek nem az enyémek voltak, nagyon boldog voltam. Mindenkinek megmutattam, nagy büszkeséggel. Befejeztem a középiskolát, elvégeztem egy számítógépes tanfolyamot, és egy időre abbahagytam a tanulást. Ezt követően egy helyi főiskolán kipróbáltam egy műszaki tanfolyamot. A sors jele alapján azonban rájöttem, hogy ez nem az én területem. Ezen a területen gyakorlatra készültem. A teszt előtti napon azonban különös erő követelte folyamatosan, hogy feladjam. Minél több idő telt el, annál nagyobb nyomást éreztem ettől az erőtől, amíg úgy döntöttem, hogy nem teszem meg a tesztet. A nyomás alábbhagyott, és a szívem is megnyugodott. Azt hiszem, a sors volt az, ami miatt nem mentem el. Tiszteletben kell tartanunk saját határainkat. Számos pályázatot tettem meg, jóváhagytak és jelenleg az oktatási adminisztratív asszisztens szerepét töltém be. Három évvel ezelőtt, van egy másik jele a sorsnak. Volt néhány problémám, és végül idegrohamot szenvedtem. Akkor kezdtem írni, és rövid idő alatt ez segített a fejlődésemben. Ennek eredményeként született meg a " Érzékszervi nézet" könyv, amelyet még nem tettem közzé. Mindez azt mutatta nekem, hogy képes voltam írni és méltóságteljes szakmával rendelkezni. Ezt gondolom: azt akarom dolgozni, hogy tetszik és Boldog akarok lenni. Ez túl sok ahhoz, hogy egy szegény ember megkérdezze?

"Természetesen nem, Aldivan. Van tehetséged, és ez ritka ebben a világban. A megfelelő időben sikerrel fog járni. Győztesek azok, akik hisznek álmaikban.

"Hiszek. Ezért vagyok itt a semmi közepén, ahová a civilizáció árui még nem érkeztek meg. Találtam egy módot a hegyre mászásra, a kihívások leküzdésére. Már csak az maradt, hogy belépjek a barlangba, és megvalósítsam álmaimat.

"Itt vagyok, hogy segítsek. Azóta vagyok a hegy őrzője, amióta szent lett. Küldetésem az, hogy segítsek minden álmodozónak, aki a kétségbeesés barlangját keresi. Néhányan az anyagi álmok valóra váltására törekszenek, például pénz, hatalom, társadalmi bemutatás vagy más önző álmok. Mind eddig kudarcot vallottak, és nem is kevesen voltak. A barlang tisztességes a kívánságainak teljesítésével.

A beszélgetés egy ideig élénken folytatódott. Fokozatosan elvesztettem az érdeklődésemet iránta, amikor egy furcsa hang hívott ki a kunyhóból. Minden alkalommal, amikor ez a hang engem hívott, úgy éreztem, kénytelen vagyok kíváncsiságból menni. Mennem kellett. Tudni akartam, mit jelent az a furcsa hang a gondolataimban. Finoman elbúcsúztam az asszonytól, és elindultam a hang által jelzett irányba. Mi vár rám? Folytassuk együtt, olvasó.

Az éjszaka hideg volt, és a kitartó hang megmaradt az elmémben. Egyfajta furcsa kapcsolat volt köztünk. Már sétáltam néhány métert a kunyhón kívül, de úgy tűnt, mérföldekre van a fáradtságtól, amelyet testem érzett. Azok az utasítások, amelyeket mentálisan kaptam, a sötétben vezettek. A fáradtság, az ismeretlentől való félelem és a kíváncsiság keveréke irányított. Kinek ez a furcsa hangja volt? Mit akart velem? A hegy és titkai ... Amióta megismertem a hegyet, megtanultam tisztelni. A gyám és rejtélyei, a kihívások, amelyekkel szembe kellett néznem, a szellemmel való találkozás; mindez különlegessé vált. Nem volt a legmagasabb északkeleten, sőt a legimpozánsabb sem, de szent volt. Az orvostudomány emberének mítoszai és az álmaim vezettek oda. Szeretném megnyerni az összes kihívást, belépni a barlangba és kérésemet

megtenni. Megváltozott ember leszek. Nem leszek többé csak én, hanem az az ember leszek, aki legyőzte a barlangot és annak tüzét. Jól emlékszem a gyám szávaira, hogy ne bízzak túlságosan. Emlékszem Jézus szávaira, aki ezt mondta:
""Aki hisz bennem, annak örök élete lesz.
Az ezzel járó kockázatok nem fognak elhagyni álmaimat. Ezzel a gondolattal vagyok egyre hűségesebb. A hang egyre erősebbé válik. Azt hiszem, hogy célba érek. Közvetlenül előttem egy kunyhót látok. A hang azt mondja, hogy menjek oda.

A kunyhó és annak megvilágító máglyája tágas, lapos helyen vannak. Egy fiatal, magas, vékony, sötét hajú lány egyfajta harapnivalót süt a tűzön.
"Tehát megérkeztél. Tudtam, hogy válaszolsz a hívásomra.
"Ki vagy te? Mit akarsz tőlem?
"Egy másik álmodozó vagyok, aki be akar lépni a barlangba.
"Milyen különleges hatásköröket kell elhívnia az elméjével?
"Telepátia, butaság. Nem ismeri?
"Hallottam róla. Meg tudna tanítani?
"Majd egyszer megtanulod, de nem tőlem. Mondd, milyen álom hoz ide?
"Mindenekelőtt Aldivan vagyok. A hegyre másztam, abban a reményben, hogy megtalálom Ellenfelem. Meghatározzák a sorsomat. Amikor valaki képes irányítani Ellenfelét, csodákat tehet. Ez az, amire szükségem van, hogy megvalósítsam azt az álmomat, hogy egy olyan területen dolgozzak, amelyet élvezek, és ezzel sok lelket megálmodni fogok. Nemcsak értem, hanem az egész világegyetemért is be akarok menni a barlangba, amely ezeket az ajándékokat megajándékozta. Meg lesz a helyem a világban, és így leszek boldog.
"A nevem Nadja. A brazil partok lakója vagyok. Az én országomban hallottam erről a csodálatos hegyről és annak barlangjáról. Azonnal érdekelt az itteni utazás, bár azt hittem, hogy minden csak egy legenda. Fogtam a dolgaim, elmentem,

megérkeztem Mimoso faluba, és felmásztam a hegyre. Eltaláltam a főnyereményt. Most, hogy itt vagyok, bemegyek a barlangba, és teljesítem kívánságomat. Nagy Istennő leszek, hatalommal és gazdagsággal díszítve. Mindez engem fog szolgálni. Álmod egyszerűen buta. Miért kérne egy keveset, ha megvan a világ?

"Tévedsz. A barlang nem tesz kicsinyes csodát. Meg fog bukni. A gyám nem engedi, hogy belépjen. A barlangba való belépéshez három kihívást kell megnyernie. Két szakaszból már hódítottam. Hányat nyertél?

"Mennyire buta, kihívások és gyámok. A barlang csak a legerősebbeket és a legbiztosabbakat tiszteli. Holnap megvalósítom a vágyaimat, és senki sem állít meg, hallod?

"Tudod a legjobban. Ha megbánod, már késő lesz. Nos, azt hiszem, megyek. Kell egy kis pihenés, mert késő van. Ami téged illet, nem kívánhatok sok szerencsét a barlangban, mert nagyobb akarsz lenni, mint maga az Isten. Amikor az emberek eljutnak erre a pontra, elpusztítják önmagukat.

"Hülyeség, mindannyian szavak vagytok. Semmi sem fogja visszavezetni a döntésemet.

Látva, hogy hajthatatlan, feladtam, sajnáltam. Hogyan válhatnak az emberek néha ilyen kicsinyekké? Az emberi lény csak akkor méltó, ha igaz és egyenlő eszmékért harcol. Az ösvényen sétálva eszembe jutott az idő, amikor rosszul vizsgáztattak, vagy akár mások elhanyagolása miatt. Boldogtalanná tesz. Ráadásul a családom teljesen ellenzi az álmomat, és nem hisz bennem. Ez fáj. Egy nap meglátják az okot, és meglátják, hogy az álmok lehetségesek lehetnek. Azon a napon, miután mindent elmondtam és elvégeztem, elfenekelem a győzelmemet, és dicsőítem a Teremtőt. Mindent adott nekem, és csak azt követelte tőlem, hogy osszam meg az ajándékaimat, mert ahogy a Biblia mondja, ne gyújtson lámpát, és tegye az asztal alá. Inkább tegye a tetejére, hogy mindenki tapsoljon és megvilágosodjon. Az ösvény megszakad, és azonnal meglátom a kunyhót, amelynek felépítéséhez annyi izzadságom lett. Aludnom kell, mert holnap újabb nap van, és terveim vannak velem és a világgal kapcsolatban. Jó éjszakát, olvasók. A következő fejezetig ...

A remegés

Új nap kezdődik. Megjelenik a fény, a reggeli szellő simogatja a hajam, a madarak és a rovarok ünnepelnek, és a növényzet újjászületni látszik. Minden nap előfordul. Meg dörzsölőm a szemem, megmosom az arcomat, megmosok egy fogat és megfúródkor. Ez a szokásom a reggeli előtt. Az erdő nem kínál sem előnyöket, sem lehetőségeket. Nem vagyok hozzászokva ehhez. Anyám elrontott engem addig, hogy a kávéval tálalja. Csendben eszem a reggelimet, de valami megterheli az agyam. Mi lesz a harmadik és egyben utolsó kihívás? Mi lesz velem a barlangban? Annyi kérdés van válasz nélkül, hogy szédül. A reggel előrehalad, és vele együtt a szívdobogásom, a félelmeim és a hidegrázásom is. Ki voltam most? Természetesen nem ugyanaz. Felmentem egy szent hegyre olyan sorsot keresve, amelyről még én sem tudtam. Megtaláltam a gyámot, és új értékeket fedeztem fel, valamint egy olyan világot, amely nagyobb volt, mint azt valaha elképzeltem. Két kihívást nyertem, és most csak a harmadikkal kellett szembenéznem. Hideg harmadik kihívás, amely távoli és ismeretlen volt. A kunyhó körül a levelek mindig olyan enyhén mozognak. Megtanultam megérteni a természetet és annak jeleit. Valaki közeledik.

"Helló! Ott vagy?"

Megugrottam, megváltoztattam a tekintetem irányát és az őrző titokzatos alakját szemléltem. Látszólagos kora ellenére boldogabbnak, sőt rózsásnak tűnik.

"Itt vagyok, amint láthatja. Milyen híreket hozott nekem?"

"Mint tudod, ma eljövök bejelenteni a harmadik és egyben utolsó kihívásodat. A hetedik napon tartják itt a hegyen, mert ez a maximális idő, amikor egy halandó itt maradhat. Ez egyszerű és a következőkből áll: Öld meg az első embert vagy vadállatot, akivel akkor találkozol, amikor ugyanazon a napon elhagyod a kunyhódat. Ellenkező esetben nem lesz jogosult belépni a barlangba, amely a legmélyebb vágyait teljesíti. Mit mondasz? Nem könnyű?

"Hogy, hogy? Megöl? Úgy nézek ki, mint egy bérgyilkos?

"Csak így léphet be a barlangba. Készüljön fel, mert csak két nap van, és ...

A Richter-skála szerint egy 3,7"-es földrengés rázza meg a hegy teljes tetejét. A remegéstől szédülök, és azt hiszem, elájulok. Egyre több gondolat jut eszembe. Érzem, hogy kimerül az erőm, és olyan bilincseket érzek, amelyek erőteljesen biztosítják a kezem és a lábam. Villámgyorsan rabszolgának látom magam, olyan területeken dolgozom, amelyeket urak uralnak. Látom a bilincseket, a vért és hallom társaim kiáltásait. Látom az ezredesek gazdagságát, büszkeségét és árulását. Látom az elnyomottak szabadságának és igazságosságának kiáltását is. Ó, milyen igazságtalan a világ! Míg egyesek megnyerik, addig másokat hagynak rothadni, elfelejtve. A bilincs eltörik. Részben szabad vagyok. Még mindig megkülönböztetnek, gyűlölnek és bántanak. Még mindig látom a fehér emberek gonoszságát, akik engem "négernek" neveznek. Még mindig alacsonyabb rendűnek érzem magam. Ismét hallom a kiabálás kiáltásait, de most a hang tiszta, éles és ismert. A remegés eltűnik, és apránként visszanyerem az eszméletemet. Valaki felemel. Még mindig kissé furcsán felkiáltok:

"Mi történt?

Úgy tűnik, hogy a gyám sírva nem talál választ.

"Fiam, a barlang éppen elpusztított egy másik lelket. Kérjük, nyerje meg a harmadik kihívást, és győzze le ezt az átkot. Az univerzum összeesküvésed van a győzelmedért.
"Nem tudom, hogyan nyerjek. Csak az alkotó fénye világíthatja meg gondolataimat és tetteimet. Garantálom: nem fogok könnyen lemondani az álmaimról.
"Bízom benned és abban az oktatásban, amelyet kaptál. Sok szerencsét, Isten gyermeke! Hamarosan találkozunk!
Miután ezt mondta, a furcsa hölgy elment, és feloszlott egy füstfüstben. Most egyedül voltam, és fel kellett készülnöm a végső kihívásra.

Egy nappal az utolsó kihívás előtt

Hat nap telt el azóta, hogy felmentem a hegyre. A kihívások és tapasztalatok egész ideje sokat nőtt. Könnyebben meg tudom érteni a természetet, önmagamat és másokat. A természet a saját ütemére menetel, és ellenzi az emberi lények igényeit. Erdőirtást végezünk, szennyezzük a vizeket és gázokat engedünk a légkörbe. Mit hozunk ki belőle? Mi számít igazán nekünk, a pénz vagy a saját túlélésünk? Ennek következményei vannak: globális felmelegedés, növény" és állatvilág csökkenése, természeti katasztrófák. Nem látja az ember, hogy mindez az ő hibája? Még mindig van idő. Van idő az életre. Tegye meg a maga részét: Takarítson meg vizet és energiát, újrahasznosítás a hulladékot, ne szennyezze a környezetet. Kérje meg kormányát, hogy vállaljon kötelezettséget a környezeti kérdésekre. Ez a legkevesebb, amit tehetünk magunkért és a világért. Visszatérve a kalandomhoz, ha egyszer felmentem a hegyre, jobban megértettem kívánságaimat és határaimat. Megértettem, hogy az álmok csak addig lehetségesek, amíg nemesek és igazak. A barlang tisztességes, és ha megnyerem a harmadik kihívást, az valóra váltja az álmomat. Amikor megnyertem az első és a második kihívást, jobban megértettem mások kívánságait. Az emberek többsége gazdagságról, társadalmi presztízsről és magas szintű parancsnokságról álmodozik. Már nem látják, mi a legjobb az életben: Szakmai siker, szeretet és boldogság. Ami az embert igazán különlegessé teszi, az a munkája által ragyogó tulajdonságai. A hatalom, a gazdagság és a társadalmi hivalkodás senkit sem boldogít. Ezt keresem a szent hegyen: az "ellentétes erők" boldogságát és teljes tartományát. Ki kell mennem egy kicsit. Lépésről lépésre a lábam kivezet az általam épített kunyhó kívülre. Remélem a sors jele.

A nap felmelegszik, a szél megerősödik, és semmi jel nem jelenik meg. Hogyan nyerem meg a harmadik kihívást? Hogyan fogok élni a kudarccal, ha nem tudom megvalósítani az álmomat? Megpróbálom elmozdítani a negatív gondolatokat a fejemből, de a félelem erősebb. Ki voltam, mielőtt felmásztam a hegyre? Egy teljesen bizonytalan fiatalember, aki fél szembenézni a világgal és annak népével. Egy fiatal férfi, aki egy napon a bíróságon harcolt jogaiért, de nem kapták meg őket. A jövő megmutatta nekem, hogy ez volt a legjobb. Néha veszteséssel nyerünk. Az élet megtanított erre. Néhány madár ordít körülöttem. Úgy tűnik, megértik az aggodalmamat. Holnap új nap lesz, a hetedik a hegy tetején. Sorsomat veszélyezteti ez a harmadik kihívás. Imádkozzatok, olvasók, hogy én nyerhessek.

A harmadik kihívás

Új nap jelenik meg. A hőmérséklet kellemes, az ég pedig minden tekintetben kék. Lustán, álmos szemeimet dörzsölve kelek fel. Elérkezett a nagy nap, és felkészültem rá. Bármi előtt elő kell készítenem a reggelimet. Azokkal az összetevőkkel, amelyeket előző nap sikerült megtalálni, nem lesz annyira szűkös. Előkészítem a serpenyőt, és elkezdem feltörni az étvágygerjesztő tyúktojásokat. A zsír kifröccsen, és szinte a szemembe kerül. Hányszor az életben mások úgy tűnik, hogy bántanak minket szorongásaikkal. Megeszem a reggelimet, pihenek egy kicsit és elkészítem a stratégiámat.

Úgy tűnik, hogy a harmadik kihívás nem könnyű. A gyilkolás számomra elképzelhetetlen. Nos, még így is szembe kell néznem vele. Ezzel az állásfoglalással sétálni kezdek, és hamarosan kikerülök a kunyhóból. A harmadik kihívás itt kezdődik, és felkészülök rá. Leteszem az első ösvényt, és elkezdek járni. A fák az ösvény útján szélesek, mély gyökerekkel. Mit keresek valójában? Siker, győzelem és eredmény. Azonban nem teszek semmit, ami ellentétes az elveimmel. A hírnevem a hírnév, a siker és a hatalom előtt áll. A harmadik kihívás engem zavar. A gyilkolás számomra bűncselekmény, még akkor is, ha csak állatról van szó. Másrészt be akarok lépni a barlangba, és meg szeretném tenni a kérésemet. Ez két "ellentétes erőt" vagy "ellentétes utat" jelent.

Maradok az ösvényen és imádkozom, hogy ne találjak semmit. Ki tudja, talán elutasítanák a harmadik kihívást. Nem hiszem, hogy a gyám ilyen nagylelkű lenne. A szabályokat mindenkinek be kell tartania. Kicsit megállok, és nem hiszem el a jelenetet, amelyet látok: egy ocelot és három kölyke, akik Körülöttem tombolnak. Ez az. Nem fogom megölni három kölyök édesanyját. Nincs szívem. Viszlát siker, viszlát barlang a kétségbeeséstől. Elég álom. A harmadik kihívást nem teljesítettem, és elmegyek. Visszatérek a házamba és a szeretteimhez. Sietve visszamegyek a kabinba csomagolni a táskáimat. A harmadik kihívást nem teljesítem.

A kabin elszakadt. Mit jelent mindez? Egy kéz könnyedén megérinti a vállamat. Visszanézek, és meglátom a gyámot.

"Gratulálok, kedves! Teljesítette a kihívást, és most joga van belépni a kétségbeesés barlangjába. Ön nyert!

Az erős ölelés, amelyet rám ruházott, akkor még zavartabbá tett. Mit mondott ez a nő? Az álmom és a barlang mégis megtalálható? Nem hittem el.

"Hogy érted? A harmadik kihívást nem teljesítettem. Nézd a kezeimet: Tiszták. Nem festem be a nevemet vérrel.

"Nem tudod? Gondolod, hogy Isten gyermeke képes lenne egy ilyen szörnyűségre, mint amit kértem? Nincs kétségem afelől, hogy elég méltó vagy az álmaid megvalósításához, bár eltarthat egy ideig, mire valósággá válnak. A harmadik kihívás alaposan kiértékelt téged, és feltétlen szeretetet tanúsítottál Isten teremtményei iránt. Ez az emberi lény számára a legfontosabb. Még egy dolog: Csak egy tiszta szív éli túl a barlangot. Tartsa tisztán a szívét és a gondolatait, hogy legyőzze azt.

"Köszönöm Istenem! Köszönöm, az élet, ezt az esélyt. Megígérem, hogy nem okozok csalódást.

Az érzelem úgy fogott meg, mint még soha, mielőtt fel nem másztam volna a hegyre. A barlang valóban képes volt csodákat tenni? Mindjárt meg akartam tudni.

A kétségbeesés barlangja

Miután megnyertem a harmadik kihívást, készen álltam bejutni a kétségbeesés rettegett barlangjába, a barlangba, amely lehetetlen álmokat valósít meg. Még egy álmodozó voltam, aki szerencsét próbált. Amióta felmentem a hegyre, már nem voltam ugyanaz. Most bíztam magamban és abban a csodálatos univerzumban, amely engem tartott. Az előző ölelés, amelyet a furcsa nő adott nekem, szintén nyugodtabbá tett. Most ott volt mellettem, minden szempontból támogatva. Ez volt az a támogatás, amelyet soha nem kaptam szeretteimtől. A szétválaszthatatlan bőröndöm a hónom alatt van. Ideje volt búcsút mondanom annak a hegynek és rejtelmeinek. A kihívások, az őr, a szellem, a fiatal lány és maga a hegy, amely látszólag élt, mind segítettek a növekedésben. Készen álltam arra, hogy elmegyek, és szembenézhetek a rettegett barlanggal. A gyám mellettem van, és elkísér ezen az úton a barlang bejáratáig. Elmegyünk, mert a nap már a horizont felé ereszkedik. Terveink teljes összhangban vannak.

Az ösvény körüli növényzet és az állatok zaja nagyon vidéki jellegűvé teszi a környezetet. A gyám csendje az egész tanfolyam alatt úgy tűnik, hogy megjósolja a barlang által elárasztott veszélyeket. Megállunk egy kicsit. Úgy tűnik, hogy a hegy hangjai mondani akarnak nekem valamit. Megragadom az alkalmat, hogy megtörjem a csendet.

"Kérdezhetek valamit? Melyek ezek a hangok, amelyek annyira gyötörnek?

"Hangokat hall. Érdekes. A szent hegy varázslatos képességgel rendelkezik minden álmodozó szív egyesítésére. Képes vagy érezni ezeket a mágikus rezgéseket és értelmezni őket. Ne figyelj azonban nagyon rájuk, mert kudarchoz vezethetnek. Próbáljon a saját gondolataira koncentrálni, és tevékenységük kevesebb lesz. Légy óvatos. A barlang képes felismerni gyengeségeit és felhasználni őket ellenetek.

"Megígérem, hogy vigyázok magamra. Nem tudom, mi vár rám a barlangban, de hiszem, hogy a világító szellemek segítenek rajtam. A sorsom forog kockán, és bizonyos mértékben a világ többi részének is.

"Rendben, eléggé megpihentünk. Gyalogoljunk tovább, mert nem lesz sokáig napnyugta. A barlangnak körülbelül negyed mérföldnyire kell lennie innen.

A lépések dübörgése folytatódik. Negyed mérföld választotta el álmomat a megvalósításától. A hegy tétjéének nyugati oldalán vagyunk, ahol egyre erősebb a szél. A hegy és rejtélyei ... Azt hiszem, soha nem fogom megismerni teljesen. Mi motiválta, hogy megmásszam? A lehetetlenné válás ígérete, kalandorom és cserkészösztönöm. A valóságban a lehetséges és a mindennapi rutin megölt. Most úgy éreztem, hogy élek és kész vagyok leküzdeni a kihívásokat. A barlang közeledik. Már látom a bejáratát. Impozánsnak tűnik, de nem csüggedek. Gondolatok sora szállja meg egész lényemet. Irányítanom kell az idegeimet. Időben elárulhatnának. A gyám jelzi, hogy álljon meg. Engedelmeskedem.

"Ez a legközelebb a barlanghoz. Figyelj jól arra, amit mondani fogok, mert nem fogom megismételni: Mielőtt belépnél, imádkozz egy Atyánkat őrangyalodért. Megóvja a veszélyektől. Amikor belép, óvatosan járjon el, nehogy csapdákba essen. A barlang fő sétányának megtétele után, bizonyos ideig, három lehetőséggel találkozhat: boldogság, kudarc és félelem. Válaszd a boldogságot. Ha a kudarcot választja, akkor szegény őrült marad, aki korábban álmodott. Ha a félelmet választja, akkor teljesen elveszíti önmagát. A boldogság további két, számomra ismeretlen forgatókönyvhöz ad hozzáférést. Ne feledje: Csak a tiszta szív képes túlélni a barlangot. Legyen bölcs és teljesítse álmát.

"Megértem. Elérkezett az a pillanat, amire vártam, mióta felmentem a hegyre. Köszönöm, gyám, minden türelmét és buzgóságát velem kapcsolatban. Soha nem felejtem el téged és az együtt töltött pillanatokat.

Szorongás fogta el a szívemet, amikor elbúcsúztam tőle. Most csak én és a barlang volt az a párharc, amely megváltoztatta a világ és a saját történelmét is. Pontosan ránézek, és előveszem a bőröndömből a zseblámpámat, hogy megvilágítsam az utat. Készen állok a belépésre. Úgy tűnik, hogy a lábam megfagyott az óriás előtt. Össze kell gyűjtenem az erőt, hogy folytathassam az utat. Brazil vagyok és soha, de soha nem adom fel. Megteszem az első lépéseimet, és enyhén érzem, hogy valaki elkísér. Azt hiszem, nagyon különleges vagyok Isten iránt. Úgy bánik velem, mintha a fia lennék. Lépteim gyorsulni kezdenek, végül belépek a barlangba. A kezdeti elbűvölés elsöprő, de óvatosnak kell lennem a csapdák miatt. A levegő páratartalma magas, a hideg pedig intenzív. A cseppkövek és a sztalagmitok gyakorlatilag mindenhol megtelnek körülöttem. Körülbelül ötven métert tettem meg, és a hidegrázás egész testemben libabőrössé vált. Eszembe jut minden, amit átéltem a hegymászás előtt: mások megalázása, igazságtalansága és irigysége. Úgy tűnik, hogy minden ellenségem azon a barlangon belül van, és várja a legjobb időt, hogy megtámadjon. Látványos ugrással legyőzöm az első csapdát. A barlang tüze majdnem felemésztett. Nadja nem volt ilyen szerencsés. A mennyezetből egy cseppkőhöz kapaszkodva, amely csodával határos módon kibírta a súlyomat, sikerült túlélnem. Le kell szállnom, és folytatnom kell az utamat az ismeretlen felé. Lépteim felgyorsulnak, de óvatosan. A legtöbb ember siet, siet a győzelemért vagy a célok teljesítéséért. A fantasztikus mozgékonyság éppen megmentett egy második csapdától. Számtalan dárdát dobáltak felém. Egyikük olyan közel jött, hogy megvakarta az arcomat. A barlang el akar pusztítani. Mostantól óvatosabbnak kell lennem. Körülbelül egy óra telt el azóta, hogy beléptem a barlangba, és még mindig nem jutottam el addig a ponthoz, amelyről az őr beszélt. Közel kellene lennem. Lépteim tovább gyorsulnak, a szívem pedig figyelmeztető jelet ad. Néha nem figyelünk a testünk által keltett jelekre. Ekkor történik kudarc és csalódás. Szerencsére nálam nem ez a helyzet. Nagyon erős zajt hallok az irányomba. Futni kezdek. Pillanatok alatt rájövök, hogy egy hatalmas sebességgel zuhanó óriási kő üldöz. Futok egy darabig, és hirtelen mozdulattal képes vagyok elmenekülni a sziklától, menedéket találva a barlang oldalán. Amikor a kő elhalad, a barlang elülső része zárva van, majd közvetlenül előtt három ajtó jelenik meg. Ők jelentik a boldogságot, a kudarcot és a félelmet. Ha a kudarcot választom, soha nem leszek más, mint egy szegény őrült, aki egyszer csak arról írt álmodni, hogy író lesz. Az emberek megsajnálnak. Ha a félelmet választom, soha nem fogok növekedni, és a világ sem ismer meg. A mélypontra kerülhettek, és örökre elveszíthetem magam. Ha a boldogságot választom, folytatom az álmomat, és átmegyek a második forgatókönyvbe.

Három lehetőség van: Egy ajtó jobbra, balra és egy középen. Mindegyik a lehetőségek egyikét jelenti: boldogság, kudarc vagy félelem. Helyesen kell választanom. Idővel megtanultam legyőzni félelmeimet: félelem a sötéttől, félelem egyedül maradni és félelem az ismeretlentől. Nem félek sem a sikertől, sem a jövőtől. A félelemnek kell képviselnie a jobb oldali ajtót. A kudarc a rossz tervezés eredménye. Néhányszor kudarcot vallottam, de ez nem késztetett arra, hogy feladjam a céljaimat. A kudarcnak tanulságként kell szolgálnia a későbbi győzelemhez. A kudarcnak a bal oldali ajtót kell képviselnie. Végül a középső ajtónak a boldogságot kell képviselnie, mert az igazak sem jobbra, sem balra nem fordulnak. Az igazság mindig boldog. Összeszedem az erőmet, és középen az ajtót választom. Kinyitásakor bőségesen hozzáférhetek egy társalgóhoz és a tetőre, rá van írva a Boldogság névre. A központban van egy kulcs, amely hozzáférést biztosít egy másik ajtóhoz. Igazam volt. Teljesítettem az első lépést. Így még kettő marad. Megkapom a kulcsot, és megpróbálom az ajtóban. Tökéletesen illik. Kinyitom az ajtót. Ez hozzáférést biztosít egy új galériához. Kezdem lefelé menni. Gondolatok sokasága árasztja el az agyamat: Mik lesznek az új csapdák, amelyekkel szembe kell néznem? Milyen forgatókönyvhöz fog vezetni ez a galéria? Sok a megválaszolatlan kérdés. Tovább járok, és légzésem megfeszül, mert a levegő egyre ritkább. Már tized mérföldet tettem meg, és figyelmesnek kell maradnom. Zajt hallok, és a földre zuhanok, hogy megvédjem magam. Kis denevérek zaja lő körülöttem. Szívják a véremet? Húsevők? Szerencsémre eltűnnek a galéria tágasságában. Látok egy arcot, és a testem remeg. Ez egy szellem? Nem. Ez hús és vér, és harcra készen jön rám. A barlang egyik papnindzsája. Megkezdődik a harc. Nagyon gyors és megpróbál eltalálni egy döntő helyen. Megpróbálok menekülni a támadásai elől. Harcolok néhány mozdulattal, amit megtanultam filmeket nézni. A stratégia működik. Ez megijeszti, és kissé visszahúzódik. Harcművészeteivel visszavág, de felkészültem rá. Fejét vertem egy sziklával, amelyet a barlangban vettem fel. Eszméletlenül esik. Teljesen idegenkedem az erőszaktól, de ebben az esetben feltétlenül szükséges volt. Szeretnék a második forgatókönyvre menni, és felfedezni a barlang titkait. Újra elkezdek járni, figyelmes maradok, és megvédem magam minden új csapdától. Alacsony páratartalom mellett szél fúj, és kényelmesebbé válok. Érzem a Guardian által küldött pozitív gondolatok áramlatait. A barlang még jobban elsötétül, átalakítja önmagát. A virtuális labirintus egyenesen előre mutatja magát. A barlang másik csapdája. A labirintus bejárata tökéletesen látható. De hol van a kijárat? Hogyan léphetek be és ne tévedjek el? Csak egy lehetőségem van: átlépni a labirintust és vállalni a kockázatot. Felépítem a bátorságomat és elkezdem tenni az első lépéseket a labirintus bejárata felé. Imádkozz, olvasó, hogy megtalálom a kijáratot. Nincs szem előtt a stratégiám. Azt hiszem, fel kellene használnom a tudásomat, hogy kiszabadítsak ebből a rendetlenségből. Bátran és hittel mélyedek el az útvesztőben. Belülről zavaróbbnak tűnik, mint kívülről. Falai szélesek és körökben forognak. Kezdek emlékezni az élet pillanataira, amikor úgy tűnt, hogy elveszett vagyok, mintha egy labirintusban lennék. Apám halála, olyan fiatal volt, igazi csapás volt az életemben. Az az idő, amit munkanélküliéként töltöttem, és nem tanultam, elveszettnek éreztem magam, mintha egy labirintusban lennék. Most én voltam ugyanabban a helyzetben. Tovább járok, és úgy tűnik, nincs vége a labirintusnak. Érezted már kétségbeesetten? Így éreztem magam, teljesen kétségbeesetten. Ezért van a neve a kétségbeesés barlangja. Összeszedem az utolsó erőmet és felkelek. Bármi áron meg kell találnom a kiutat. Egy utolsó ötlet támad; Felnézek a mennyezetre, és sok denevért látok. Követni fogom az egyiket. "Varázslónak" hívom. Egy varázsló képes lenne egy labirintus meghódítására. Erre van szükségem. Az ütő nagy sebességgel repül, és lépést kell tartanom vele. Jó, hogy fizikailag fitt vagyok, szinte sportoló. Látom a fényt az alagút végén, vagy ami még jobb, a labirintus végén. Meg vagyok mentve.

A labirintus vége furcsa jelenethez vezetett a barlang galériájában. Tükrökből álló szoba. Óvatosan járok körbe attól félve, hogy megtörök valamit. A tükörben látom a tükörképemet. Ki vagyok én most? Szegény fiatal álmodozó, aki felfedezi a sorsát. Különösen aggódva nézek ki. Mit jelent mindez? A falak, a mennyezet és a padló minden üvegből áll. Megérintem a tükör felületét. Az anyag annyira törékeny, de hűen tükrözi az ember énjének aspektusát. Egy pillanat alatt különféle képek jelennek meg a tükrök közül háromban: egy gyermek, egy koporsót tartó fiatal és egy idős férfi. Ők mind én vagyok. Ez egy vízió? Valójában vannak olyan gyermeki vonatkozásaim, mint a tisztaság, az ártatlanság és az emberekben való hit. Nem hiszem, hogy szeretnék megszabadulni ezektől a tulajdonságoktól. A tizenöt éves fiatalember fájdalmas szakaszt jelent az életemben: apám elvesztését. Merev és zárkózott módjai ellenére apám volt. Még mindig nosztalgiával emlékszem rá. Az idős férfi képviseli a jövőmet. Hogy lesz? Sikeres leszek? Házas, egyedülálló vagy akár özvegy? Nem akarok lázadó vagy bántott idős ember lenni. Elég ezekkel a képekkel. Jelen van a jelenem. Huszonhat éves fiatalember vagyok, matematikus diplomával, író. Már nem vagyok gyerek, sem az a tizenöt éves, aki elvesztette az apját. Én sem vagyok idős ember. Előttem áll a jövőm, és boldog akarok lenni. Nem vagyok e három kép egyike. Magam vagyok. Hatással megtörik a három tükör, amelyben az egyének megjelentek, és ajtó jelenik meg. Beléptem a harmadik és egyben utolsó forgatókönyvbe.

Kinyitom az ajtót, amely hozzáférést biztosít egy új galériához. Mi vár rám a harmadik forgatókönyvben? Folytassuk tovább, olvasó. Elkezdek járni, és felgyorsul a szívem, mintha még mindig az első jelenetben lennék. Sok kihívást és buktatót leküzdöttem, és máris nyertesnek tartom magam. Gondolatban a múlt emlékeit keresem, amikor kis barlangokban játszottam. A helyzet most teljesen más. A barlang hatalmas és tele van csapdákkal. A zseblámpám szinte halott. Tovább sétálok, és egyenesen előbukkan egy új csapda: Két ajtó. Az "ellentétes erők" kiabálnak bennem. Új választás szükséges. Az egyik kihívás eszembe jut, és emlékszem, hogyan volt bátorságom legyőzni. A jobb oldali utat választottam. A helyzet azért más, mert egy sötét, nedves barlangban vagyok. Választottam, de eszembe jutnak a gyám szavai is, akik a tanulásról beszéltek. Meg kell ismernem a két erőt, hogy teljes irányításban lehessek felettük. A bal oldali ajtót választom. Lassan kinyitom; félve attól, amit rejtegethet. Amint kinyitom, szemlélődőm egy látomás felett: egy szentélyben vagyok, tele szentképekkel, és az oltáron kelyhes van. Lehet, hogy a Szent Grál, Krisztus elveszett kelyhes ad örök fiatalságot azoknak, akik isznak belőle? Remeg a lábam. Lelkesen rohanok a kehely felé és kezdek inni belőle. A bor mennyei ízű, az isteneké. Szédülök, forog a világ, az angyalok énekelnek és a barlang területe reszket. Első látomásom van: látom, hogy egy Jézus nevű zsidó apostolaival együtt gyógyítja, felszabadítja és új perspektívákat tanít népének. Csodáinak és szerelmének teljes pályáját látom. Látom Júdás és az Ördög elárulását is a háta mögött. Végül látom feltámadását és dicsőségét. Hallok egy hangot, amely azt mondja nekem: Tedd meg a kérését. Örömtől zengve felkiáltok: Látóvá akarok válni!

A csoda

Kérésem után nem sokkal a kegyhely remeg, tele van füsttel, és megváltozott hangokat hallok. Amit elárulnak, az teljesen titkos. Egy kis tűz emelkedik ki a kehelyből, és a kezemben landol. Fénye behatol és megvilágítja az egész barlangot. A barlang falai átalakulnak, és utat engednek egy megjelenő kis ajtónak. Kinyílik, és egy erős szél kezd hozzám nyomni. Minden erőfeszítésem eszembe jut: elkötelezettségem a tanulmányok iránt, az, ahogyan tökéletesen betartottam Isten törvényeit, a hegy emelkedése, a kihívások és még ez a bejárat is a barlangba. Mindez elképesztő lelki növekedést hozott számomra. Most felkészültem arra, hogy boldog legyek és teljesítsem álmaimat. A kétségbeesés rettegett barlangja arra késztetett, hogy tegyem meg a kérésemet. Emlékszem ebben a magasztos pillanatban is mindazokra, akik közvetlen vagy közvetett módon járultak hozzá győzelmemhez: Általános iskolai tanárnőm, Mrs. Socorro, aki olvasásra és írásra tanított, élettanáraimra, iskolai és munkahelyi barátaimra, családomra és a gyám, aki segített legyőzni a kihívásokat, és éppen ez a barlang. Az erős szél folyamatosan az ajtó felé taszít, és hamarosan bent leszek a titkos kamrában.

Végül megszűnik az az erő, amely rám hajtott. Az ajtó becsukódik. Rendkívül nagy, magas és sötét kamrában vagyok. A jobb oldalon egy maszk, egy gyertya és egy Biblia található. Bal oldalon köpeny, jegy és feszület látható. Középen, magasan egy érdekes kinézetű, vasból készült kör alakú készülék található. A jobb oldal felé haladok: felveszem a maszkot, megragadom a gyertyát, és egy véletlenszerű oldalra nyitom a Bibliát. A bal oldal felé sétálok: felveszem a köpenyt, ráírom a nevem és az álnevemet a jegyre, és a másik kezemmel rögzítem a feszületet. Közép felé haladok, és pontosan a készülék alá helyezem magam. Kimondom a négy varázslatos betűt: Látó. Azonnal egy fénykör bocsát ki a készülékből, és teljesen beborít. Érzem a tömjén illatát, amelyet minden nap elégetnek a nagy álmodozók emlékére: Martin Luther King, Nelson Mandela, Teréz anya, Assisi Ferenc és Jézus Krisztus. Testem rezeg és úszni kezd. Érzékem kezd felébredni, és velük együtt képes vagyok mélyebben felismerni az érzéseket és a szándékokat. Ajándékaim megerősödnek, és velük együtt képes vagyok csodákat tenni időben és térben. A kör egyre inkább bezárul, és a bűntudat, az intolerancia és a félelem minden érzése kitörlődik az agyamból. Majdnem készen állok: A látomások sorozata kezd megjelenni és összezavar. Végül a kör kialszik. Egy pillanat alatt ajtók sora nyílik meg, és új ajándékaimmal tökéletesen látok, érezhetek és hallok. A megnyilvánulni akaró karakterek sikolya, különálló idők és helyek kezdenek megjelenni, és jelentős kérdések kezdik korrodálni a szívemet. Megkezdődik a tisztánlátóvá válás kihívása.

Kilépés a barlangból

Kilépés a barlangból

Minden megvalósult, minden, ami maradt most az volt számomra, hogy elhagyja a barlangot, és az én igazi utazás. Az álmom teljesült, és most csak meg kellett dolgozni. Járni kezdek, és kevés idő múlva hat ráhagyom a titkos kamrát. Úgy érzem, hogy egyetlen más emberi lénynek sem lesz még abban az örömében, hogy belépjen. A kétségbeesés barlangja soha többé nem lesz ugyanaz, miután győztesen, magabiztosan és boldogan távozom. Visszatérek a harmadik forgatókönyvhöz: A szentek képei érintetlenek maradnak, és úgy tűnik, elégedettek a győzelmemmel. A csésze leesett és száraz. A bor finom volt. Nyugodtan dolgozom a harmadik forgatókönyv körül, és érzem a hely hangulatát. Tényleg olyan szent, mint a barlang és a hegy. Örömömben kiabálok, és a termelt visszhang átnyúlik a barlangon. A világ már nem lesz ugyanaz a Látják után. Mindenben megállok, gondolkodom és elmélkedem magam. Egy utolsó búcsúcsók, elhagyom a harmadik forgatókönyvet, és visszatérek ugyanoda a bal oldali ajtóhoz, amit választottam.

Az út a Pszichés nem lesz könnyű, mert nehéz lesz, hogy teljes mértékben ellenőrizzék az ellentétes erők a szív, majd meg kell tanítani, hogy másoknak. A baloldali út, amely az én lehetőségem volt, a tudást és a folyamatos tanulást jelképezi, akár rejtett erőkkel, bűnbánattal vagy halállal. A séta teljessé válik, mivel a barlang kiterjedt, sötét és nagyon nedves. A Látják kihívása talán nagyobb, mint gondolnám: a szívek, az életek és az érzések összeegyeztetése kihívása. Ez még nem minden: még nem gondoskodtam a saját utamról. A galéria szűk lesz, és vele együtt a gondolataim is. A honvágyam megugrása, valamint a matematika és a magánélet iránti nosztalgiám. Végül, jön a nosztalgia magam. Sietek a lépéseket, és hamarosan én vagyok a második forgatókönyv. Törött tükrök most képviselik a részei az elmém, hogy megőrizték és kiterjesztették: a jó érzések, az erények, az ajándékok és a képesség, hogy felismerjék, ha tévedtem. A tükrök forgatókönyve a saját lelkem tükörképe. Ezt az önismeretet magammal fogom vinni egész életemben. Még mindig az emlékezetemben vannak a gyermek, a fiatal tizenöt éves és az idős férfi alakjai. Ők a három a sok arcom közül, amit azért őrizzek meg, mert azok a saját történelmem. Elhagyom a második forgatókönyvet, és ezzel együtt elhagyom az emlékeimet. Én vagyok a galériában, hogy vezet az első forgatókönyv. A jövővel kapcsolatos elvárásaim és a reményem megújulnak. Én vagyok a Lásó, egy fejlett és különleges lény, arra hivatott, hogy sok lélek álmodik. A barlang utáni időszak a már meglévő készségek képzését és fejlesztését fogja szolgálni. Egy kicsit tovább megyek, és megpillantom a labirintust. Ez a kihívás majdnem elpusztított. A megváltásom Varázsló volt, az ütő, ami segített megtalálni a kijáratot. Most már nincs rá szüksége, mert a látnoki képességeimnek megfelelő képességekkel könnyedén elhaladok mellette. Öt repülőn kaptam meg az útmutatást. Milyen gyakran érezzük magunkat elveszettnek egy labirintusban:

Amikor munkahelyeket veszítünk; Amikor csalódottka vagyunk életünk nagy szeretetében; Amikor szembeszelünk felettseink tekintélyével; Amikor elveszítjük a reményt és az álom képességét; Amikor már nem vagyunk az élet tanítványai, és amikor elveszítjük a képességünket, hogy irányítsuk a saját sorsunkat. Ne feledje: Az univerzum hajlamosít az emberre, de mi vagyunk azok, akiknek meg kell menniük érte, és bizonyítaniuk kell, hogy érdemesek vagyunk. Én is ezt tettem. Felmentem a hegyre, három kihívást teljesítettem, beléptem a barlangba, legyőztem a csapdákat, és elértem a célomat. Átvészelem a labirintust, és ettől még nem leszek olyan boldog, mióta megnyertem a kihívást. Új távlatokat kívánok keresni. Két mérföldet gyalogoltam a titkos kamra, a második és a harmadik forgatókönyv között, és ezzel a felismeréssel egy kicsit fáradtnak érzem magam. Úgy érzem, izzadság csöpög le; Én is érzem a légnyomást és az alacsony páratartalom.

Megközelítem a nindzsát, az én nagy ellenfelem. Még mindig kiütötték. Sajnálom, hogy így bántam veled, de az álmom, a reményem és a végzetem forog kockán. Fontos döntéseket kell hozni fontos helyzetekben. A félelem, a szégyen és az erkölcs csak útban van, ahelyett, hogy segítene. Megsásom az arcát, és próbálom helyreállítani az életet a testében. Azért cselekszem így, mert már nem ellenségek vagyunk, hanem az epizód társai. Felemel, és mély masnival gratulál nekem. Minden hátrahagyott: a harc, a mi "ellentétes erők", a különböző nyelvek, és a mi különböző célokat. Az előzőtől eltérő helyzetben élünk. Beszélhetünk, megérthetjük egymást, és ki tudja, talán akár barátok is lehetünk. Így a következő közmondás: Tedd ellenséged lelkes és hűséges barát. Végül átölel, elköszön, és sok szerencsét kíván. Viszonzom. Ő továbbra is része lesz a barlang misztériumának, én pedig az élet és a világ misztériumának. Mi vagyunk az "ellentétes erők", akik egymásra találtak. Ez a célom ebben a könyvben: egyesíteni az "ellentétes erőket". Sétálok a galériában, ami hozzáférést biztosít az első forgatókönyvhöz. Magabiztosnak és teljesen nyugodtnak érzem magam, ellentétben azzal, amikor először beléptem a barlangba. A félelem, a sötétség és az előre nem látható mind megrémített. A három ajtó, amely boldogságot, félelmet és kudarcot jelent, segített fejlődni és megérteni a dolgok értelmét. A kudarc jelent mindent, ami elől menekülünk anélkül, hogy tudnánk, miért. A bukás mindig a tanulás pillanata kell, hogy legyen. Ez az a pont, amikor az emberi lény felfedezi, hogy nem tökéletes, hogy az út még mindig nem rajzolt, és ez az újjáépítés pillanata. Mindig ezt kell tennünk: újjászületni. Vegyük például a fákat: Elveszítik a leveleiket, de az életüket nem. Legyünk olyanok, amilyenek: Sétáló metamorfózisok. Az élethez szükség van erre. A félelem mindig jelen van, amikor fenyegetve vagy elnyomva érezzük magunkat. Ez az új hibák kiindulópontja. Győzd le a félelmeidet, és fedezd fel, hogy csak a képzeletedben léteznek. A barlang galériája jó részét lefedtem, és ebben a pillanatban átmegyek a boldogság ajtaján. Mindenki átmehet ezen az ajtón, és meggyőzheti magát arról, hogy a boldogság létezik, és el lehet érni, ha teljesen összhangban vagyunk az univerzummal. Ez viszonylag egyszerű. A munkás, a kőműves, a gondnok örömmel teljesíti küldetését; A mezőgazdasági termelő, a cukornád ültetvényes, a cowboy minden boldog, hogy összegyűjti a terméket a munkaerő; a tanár a tanításban és a tanulásban; az író írásban és olvasásban; az isteni üzenetet hirdető pap, és a rászoruló gyermekek, árvák és koldusok boldogan kapják meg a szeretet és gondoskodás szavait. A boldogság bennünk van, és arra számít, hogy folyamatosan felfedezik. Ahhoz, hogy igazán boldogok legyünk, el kell felejtenünk a gyűlöletet, a pletykát, a kudarcokat, a félelmet és a szégyent. Sétálok, és látom az összes csapdát sikerült, és csoda, amit az emberek készülnek, ha nincs hit, utak vagy sorsok. Egyikük sem élte volna túl a csapdákat, mert nincs védőhálójuk, fényük vagy erejük, ami alátámasztja őket. Az ember egy senki, ha egyedül van. Csak akkor csinál valamit magából, ha kapcsolatban áll az emberiség erőivel. Csak akkor tudja meghozni a helyét, ha teljes összhangban van az univerzummal. Így érzek most: Teljes harmóniában, mert felmentem a hegyre, megnyertem a három kihívást, és legyőztem a barlangot, a barlangot, amely valóra tette az álmomat. A sétám a végéhez közeledik, mert fényt látok a barlang bejáratától. Hamarosan kiesem belőle.

Kint vagyok a barlangból. Az ég kék, a nap erős és a szél északnyugati. Elkezdem szemlélni az egész külvilágot, és megértem, milyen szép és kiterjedt az univerzum valójában. Fontos részének érzem magam, mert felmentem a hegyre, elvégeztem a három kihívást, teszteltem a barlangban és nyertem. Minden szempontból átalakultnak érzem magam, mert ma már nem csak álmodozó, hanem látnok vagyok, ajándékokkal megáldva. A barlang valóban csodát tett. Csodák történnek minden nap, de nem vesszük észre. Testvéri gesztus, az életet feltámasztó eső, alamizsna, magabiztosság, születés, igaz szerelem, bók, a váratlan, hittel mozgó hegyek, szerencse és sors; mindez azt a csodát jelenti, amely az élet. Az élet igazán nagylelkű.

Teljesen rettegve mérlegelem a külsőt. Kapcsolatban állok az univerzummal és velem. Egyek vagyunk ugyanazokkal a célokkal, reményekkel és hitekkel. Annyira koncentrált vagyok, hogy keveset veszek észre, amikor egy apró kéz érinti a testemet. Addig maradok a sajátos és egyedi lelki emlékeimben, amíg valaki által okozott enyhe egyensúlytalanság le nem dönt a tengelyemről. Kérdéshez fordulok, és meglátok egy fiút és a gyámot. Azt hiszem, jó ideje mellettem vannak, és nem vettem észre.

"Tehát túlélte a barlangot. Gratulálunk! Reméltem, hogy megteszi. Azok a harcosok közül, akik már megpróbáltak bejutni a barlangba és megvalósítani álmaikat, te voltál a leginkább képes. Tudnia kell azonban, hogy a barlang csak egy lépés a sok közül, amellyel szembe kell néznie az életben. A tudás az, ami valódi hatalmat ad neked, és ez az, amit senki sem fog tudni elvenni tőled. A kihívás elindul. Azért vagyok itt, hogy segítsek neked. Lásd itt, én hoztam neked ezt a gyermeket, hogy elkísérje az igazi utadon. Nagy segítségére lesz. Az Ön feladata, hogy egyesítse az "ellentétes erőket", és máskor meghozza gyümölcsét. Valakinek szüksége van a segítségedre, ezért elküldelek.

"Köszönöm. A barlang valóban megvalósította az álmomat. Most én vagyok a Látó és készen állok az új kihívásokra. Mi ez az igazi út? Ki az, akinek szüksége van a segítségemre? Mi lesz velem?

"Kérdések, kérdések, kedvesem. Az egyikre válaszolok. Új hatalmaival visszautazik az időben, hogy eltorzítsa az igazságtalanságokat, és segítsen valakinek megtalálni önmagát. A többit maga fedezi fel. Pontosan harminc napod van erre a küldetésre. Ne pazarolja az idejét.

"Megértem. Mikor mehetek?

"Ma. Az idő sürget.

Ennek ellenére a gyám átadta nekem a gyereket, és barátságosan elbúcsúzott. Mi vár rám ezen az úton? Lehetséges, hogy a Látó valóban képes helyrehozni az igazságtalanságokat? Úgy gondolom, hogy minden erőmre szükség lesz ahhoz, hogy jól teljesítsek ezen az úton.

Búcsúzás a hegytől

A hegy nyugalmat és békét áraszt. Amióta idejöttem, megtanultam tisztelni. Úgy gondolom, hogy ez segített a méretezésben, a kihívások leküzdésében és a barlangba való bejutásban is. Valóban szent volt. Ez egy titokzatos sámán halála miatt lett, aki furcsa paktumot kötött a világegyetem erőivel. Megígérte, hogy életét odaadja cseréjében a törzsében a béke helyreállításáért. Évszázadokon át a Xukuru uralta a régiót. Abban az időben törzseik háborúban álltak az északi Kualopu törzsből származó varázsló rohama miatt. Hatalomra és teljes kontrollra vágyott a törzsek felett. Terveik között szerepelt a sötét művészetek világuralma is. Így kezdődött a háború. A déli törzs megtorolta a támadásokat, és megkezdődött a halál. Az egész Xukuru nemzetet kihalás fenyegette. Aztán a déli sámán egyesítette erőit és megkötötte a paktumot. A déli törzs megnyerte a vitát, a varázslót megölték, a sámán megfizette szövetségének árát, és helyreállt a béke. Azóta az Ororubá-hegy szent helyét vált.

Még mindig a barlang szélén vagyok, és elemzem a helyzetet. Van egy küldetésem, amelyet el kell érnem, és egy fiú, akire vigyáznom kell, annak ellenére, hogy még nem vagyok apa. Tetőtől talpig elemzem a fiút, és azonnal rájövök. Ugyanaz a gyermek, akit megpróbáltam megmenteni annak a kegyetlen embernek a karmaitól. Úgy tűnik számomra, hogy néma, mert még nem hallottam őt beszélni. Megpróbálom megtörni a csendet.

"Fiam, a szüleid beleegyeztek, hogy engedjék, hogy velem utazzon? Nézd, csak akkor viszlek el, ha feltétlenül szükséges.

"Nincs családom. Anyám három évvel ezelőtt halt meg. Ezt követően apám vigyázott rám. Engem azonban annyira bántalmaztak, hogy elhatároztam, hogy elmenekülök. A gyám most vigyáz rám. Emlékezz, mit mondott: Szükséged van rám ezen az úton.

"Sajnálom. Mondd: Apád hogyan bánt rosszul veled?

"Napi tizenkét órában dolgoztatott. Az étkezés kevés volt. Nem volt szabad játszani, tanulni és még barátokat sem. Gyakran vert. Ezenkívül soha nem adott olyan szeretetet, amelyet egy apának meg kellene adnia. Tehát úgy döntöttem, hogy elmenekülök.

"Értem a döntését. Annak ellenére, hogy gyermek vagy, nagyon bölcs vagy. Nem fogsz többet szenvedni egy apa szörnyetegével. Megígérem, hogy jól fogok vigyázni rád ezen az úton.

"Gondoskodj rólam? Kétlem.

"Mi a neved?

"Renato. Ezt a nevet választotta a gyám számomra. Mielőtt nem lett volna nevem és semmilyen jogom. Mi a tiéd?

"Aldivan. De hívhatsz Isten Látójának vagy Gyermekének.

"Rendben. Mikor indulunk, Látó?

"Hamar. Most el kell mondanom a búcsúmat a hegytől.

Egy mozdulattal jeleztem, hogy Renato kísérjen el. Körbejárnám az összes utat és hegyi sarkot, mielőtt elindulnék egy ismeretlen cél felé.

Utazás az időben

Most mondtam búcsúim a hegytől. Fontos volt a lelki fejlődésemben, és hozzájárult ismereteimhez. Jó emlékeim lesznek róla: hangulatos teteje, ahol teljesítettem a kihívásokat, találkoztam a gyámmal és ahol beléptem a barlangba. Nem tudom elfelejteni a szellemet, a fiatal lányt vagy a gyermeket, aki most elkísér. Fontosak voltak az egész folyamatban, mert arra késztettek, hogy reflektáljak és kritizáljam magam. Hozzájárultak a világ megismeréséhez. Most készen álltam egy új kihívásra. A hegy ideje lejárt, a barlang is, és most vissza fogok utazni az időben. Mi vár rám? Sok kalandom lesz? Csak az idő fogja megmondani. Mindjárt elhagyom a hegy tetejét. Magammal viszem az elvárásaimat, a táskámat, a holmimat és a fiút, aki nem enged el. Fentről Mimoso faluban látom az utcát és annak tartalmát. Kicsinek tűnik, de számomra azért fontos, mert ott mentem fel a hegyre, megnyertem a kihívásokat, beléptem a barlangba, és találkoztam a gyámmal, a szellemmel, a fiatal lánnyal és a fiúval. Mindez fontos volt ahhoz, hogy Látóvá váljak. A Látó, az a személy, aki képes volt megérteni a legzavartabb szíveket, és meghaladta az időt és a távolságot, hogy segítsen másoknak. Meghozták a döntést. Elmennék.

Határozottan megfogom a gyermek karját, és elkezdek koncentrálni. Hideg szél csap be, a nap kissé felmelegszik, és a hegy hangjai kezdenek hatni. Aztán alul halvány hangot hallok segítségül hívni. Erre a hangra összpontosítok, és kezdem használni erőimet, hogy megpróbáljam megtalálni. Ugyanaz a hang, amelyet a kétségbeesés barlangjában hallottam. Egy nő hangja. Képes vagyok egy fénykört létrehozni magam körül, hogy megvédjen minket az időutazás hatásaitól. Felgyorsítom a sebességünket. El kell érnünk a fénysebességet ahhoz, hogy átlépjük az időgátat. A légnyomás apránként növekszik. Szédülök, elveszek és zavart vagyok. Egy pillanatra áthágom a sajátjainkkal párhuzamos világokat és síkokat. Az igazságtalan társadalmakat és zsarnokokat úgy látom, mint a miénk. Látom a szellemek világát, és megfigyelem, hogyan működnek világunk tökéletes tervezésében. Tüzet, fényt, sötétséget és füstfüggönyt látok. Közben sebességünk még jobban felgyorsul. Közel vagyunk a fénysebesség túllépéséhez. A világ megfordul, és egy pillanatra egy régi kínai birodalomban látom magam, egy farmon dolgozom. Újabb másodperc telik el, és Japánban vagyok, és harapnivalókat kínálok a császárnak. Gyorsan megváltoztatom a helyemet, és rituáléban vagyok Afrikában, egy Isten istentiszteleten. Emlékeimben folyamatosan emlékszem az élet legjobb pillanataira. Á sebesség még jobban növekszik, és egy rövid pillanat alatt eljutottunk az extázisig. A világ abbamarad, forog a kör, és a földre zuhanunk. Az utazás az időben hátra volt.

Vége

www.ingramcontent.com/pod-product-compliance
Lightning Source LLC
LaVergne TN
LVHW020441080526
838202LV00055B/5299